LE RETOUR FAVORABLE,

COMÉDIE BOURGEOISE

EN UN ACTE ET EN PROSE;

Par M. G***,

*Repréſentée ſur le Théâtre de M. le Duc de *** pendant l'Été de 1764.*

Le prix eſt 24 ſols.

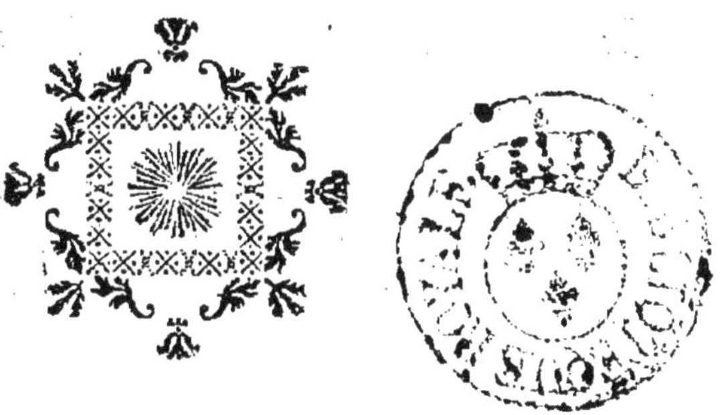

A PARIS.

M. DCC. LXV.

ACTEURS.

DORANTE, *Négociant.*

CYDALISE, *femme de Dorante.*

ROSALIE, *fille de Dorante.*

COURVAL, *Amant de Rosalie.*

GERONTE, *Parent de Cydalise.*

M. MATHIEU.

BERNARD, *Fermier.*

CRISPIN, *Valet de Courval.*

LA FLEUR, *Domestique de Dorante.*

La Scène est dans une Ville maritime, chez M. Dorante.

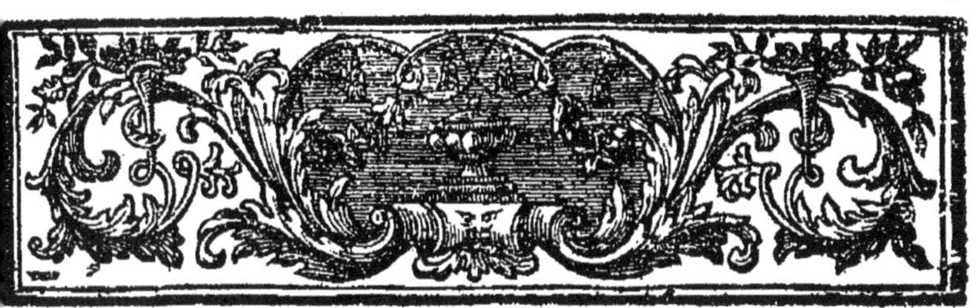

LE RETOUR FAVORABLE,

COMÉDIE BOURGEOISE.

SCENE PREMIERE.

DORANTE *ſeul, aſſis vis-à-vis une table, où il y a pluſieurs Lettres.*

TOUT ce qu'on m'écrit eſt affligeant, le Commerce touche à ſa ruine ; la confiance ſe perd, le crédit tombe. Ma vanité, dût-elle en murmurer, il faut que je prévienne Monſieur Mathieu. (*Il ouvre une autre Lettre, après l'avoir lue.*) Mon fils auſſi accroît mon embarras.

SCENE II.

GERONTE, DORANTE.

GERONTE.

VOUS a-t-on remis vos Lettres ? Les avez-vous lues ?

DORANTE.

Oui, même incertitude ſur le ſort de mon Navire, rien n'arrive de Saint-Domingue : je crains que les premieres nouvelles que j'en aurai ne me viennent d'Angleterre.

GERONTE.

Il me ſemble qu'il faudroit ſavoir ſon départ avant de craindre qu'il ſoit pris.

DORANTE.

Pouvez-vous penſer que depuis quatre mois que j'ai avis de ſon arrivée, qu'il ſoit encore au Cap ? Courval aime trop mes intérêts ; il eſt parti, il n'en faut point douter.

GERONTE.

N'eſt-il pas poſſible que des ordres ſupérieurs l'ayent arrêté ? Ce qui me le fait croire, c'eſt que depuis ſix ſemaines, ou environ, pas un de nos Vaiſſeaux n'eſt de retour de cette Côte.

DORANTE.

Parce qu'ils ont été pris.

GERONTE.

Et les Anglois auroient eu la modeſtie de n'en point parler dans leurs Gazettes ?

DORANTE.

Mais .....

GERONTE.

Mais, mais, voilà de mes gens qui abondent en raiſons, pour affermir les autres contre l'incertitude des événemens, & qui ne ſavent pas s'en ſervir pour eux-mêmes. Le retard d'un Navire expédié depuis la guerre, vous accable, lorſque votre miſe eſt à couvert, & beaucoup au delà. Pourquoi donc cette tristesse qui perce malgré vous ? Ceux qui vous sont intimement attachés, s'apperçoivent, avec douleur, que vous avez des chagrins d'autant plus cuisans, que vous voulez affecter de n'en point ressentir de douleur.

DORANTE.

Ah ! que je me reproche de lui en avoir imposé sur l'étendue de mes pertes : elle ne m'auroit point engagé à solliciter pour mon fils, l'agrément d'une nouvelle Compagnie : au contraire, elle m'auroit porté à diminuer ma dépense, à mettre bas mon équipage. Pour avoir craint de l'affliger, je l'expose à mourir de douleur.

GERONTE.

Dorante,... qui peut vous alarmer ainsi ?....

DORANTE, *fâché d'en avoir trop dit, donne une Lettre à Geronte.*

Lisez, vous verrez que mon fils vient de perdre deux mille écus, sur sa parole. Vous connoissez la tendresse de ma femme pour ſon fils, ſa ſenſibilité ; il eſt à propos qu'elle ignore ſon dérangement.

GERONTE, *lit.*

« J'apprends dans le moment, Monſieur, » que Darviane, à la ſuite d'un long ſou- » per, vient de perdre deux mille écus, ſur ſa » parole, avec le Baron d'Erbignac, Capitaine » de Dragons. Il eſt indiſpenſable de finir » cette affaire, dont l'éclat pourroit être dé- » ſagréable à votre fils. Je verrai, à votre » conſidération, le Baron, & je me flatte de » l'engager à attendre votre réponſe ». (*Après avoir lu.*) Hé bien, puiſque vous ſavez la ſottiſe, ſachez donc auſſi combien Darviane eſt pénétré du chagrin qu'elle peut vous donner ; il ſera déſeſpéré s'il apprend que ſon Mentor vous en a inſtruit. Votre fils eſt un garçon plein d'honneur, qui ne perd point la tête, il ſait ſe retourner. Dequoi diable, s'aviſe cet obligeant Major, de vous parler d'une affaire finie ?

DORANTE.

Darviane ſe ſeroit-il acquitté ?

GERONTE.

Il va le faire ; j'ai fait partir les deux mille écus.

DORANTE.

Quand, & comment ?....

GERONTE.

Hier, par la Poste.

DORANTE.

Mon fils vous a écrit ?.... ne puis-je savoir ce qu'il vous marque ?....

GERONTE.

Je n'ai point sa Lettre, vous la verrez, je ne pourrois la rendre qu'imparfaitement.

DORANTE.

Mais encore....

GERONTE.

Je ne veux point l'affoiblir.

DORANTE.

L'Epitre est donc une Piéce d'Eloquence?

GERONTE.

C'eſt un chef-d'œuvre, vous en ſerez touché.

DORANTE.

Vous m'allez perſuader.

GERONTE.

Ne plaiſantez point, j'en peux juger auſſi-bien qu'un autre.

DORANTE.

En attendant que je liſe cette rare production, dites-moi qui vous a prêté cette ſomme? Je ſais que vous n'êtes point en eſpèces.

GERONTE.

Parbleu, la queſtion m'enchante; le compliment eſt joli: qui m'a prêté cet argent? Un ami: en manquai-je? Adieu, je vais voir Cydaliſe.

DORANTE.

Un moment, vous irez lorſque vous m'aurez nommé cet ami obligeant.

GERONTE.

C'eſt un homme rare qui ne veut pas être connu.

DORANTE.

Je ne me paye pas d'une défaite.

GERONTE.

Apprenez que je ne m'en ſers jamais.

DORANTE.

Pourquoi me refuſer de me nommer un homme que je deſire connoître ?

GERONTE.

Quelle obſtination ! C'eſt Monſieur Mathieu , puiſqu'il faut vous décliner ſon nom.

DORANTE.

Monſieur Mathieu ! ....

GERONTE.

Lui-même, ... pourquoi cet étonnement ? Ne peut-il être de mes amis ? ... il ſe dit bien des vôtres.

DORANTE.

Sait-il que cet argent est pour mon fils ? Et sait-il l'emploi qu'il en doit faire ?

GERONTE.

Le vieux Renard a sû si bien me tourner, qu'il a fallu tout lui dire.

DORANTE.

Qu'avez-vous fait ! ....

GERONTE.

Pouvois-je faire autrement ? Pour tout autre objet que pour une dette du jeu, Darviane n'auroit eu recours qu'à son pere.

DORANTE.

Pourquoi ne me point parler ! ... Grace à votre discrétion, le Public va être instruit de la mauvaise conduite de mon fils, dans un tems, dans une circonstance, où ..... Allez, je ne vous retiens plus, vous avez opéré miraculeusement.

SCENE III.

CYDALISE, DORANTE, GERONTE.

CYDALISE.

APPROUVEZ-VOUS, Monsieur, que nous allions passer quelque tems à la campagne?

DORANTE.

Assurément Madame, la saison y convie; vous ne pouvez mieux faire.

CYDALISE.

Je vais donc me préparer pour partir incessamment, Rosalie en sera enchantée: la Ville lui déplaît, elle me déplaît aussi; l'ennui nous gagne, le séjour de la campagne nous devient nécessaire; l'air qu'on y respire, la liberté dont on y jouit, rappellera notre gaieté. Nous y attendrons avec moins d'impatience l'arrivée de Courval. Vous voudrez bien nous y accompagner, Geronte.

GERONTE.

Vous ne pouvez rien me proposer qui me fasse plus de plaisir : les bois, les prés, sont pour mes yeux des objets ravissans.

CYDALISE.

Venez m'aider à faire mes malles ; j'aurai soin de garnir la vôtre, Dorante, il n'y manquera rien.

SCENE IV.

DORANTE, *seul.*

MA femme prend bien son tems. (*Après un long silence.*) Non, je ne proposerai point à Monsieur Mathieu de renouveller mes billets, cette démarche seroit déplacée.... Je vais le voir, & je tâcherai de pénétrer l'impression qu'aura fait sur lui la dissipation de mon fils.

SCENE V.

M. MATHIEU, DORANTE.

M. MATHIEU.

MONSIEUR.... vous ſortiez?....

DORANTE.

J'allois chez-vous.

M. MATHIEU.

Puis-je vous être utile?

DORANTE.

Vous êtes ſi bien ſervi que j'avois quelque eſpoir que vous m'apprendriez des nouvelles.

M. MATHIEU.

J'en ai auſſi à vous apprendre.

DORANTE.

Fâcheuſes?

M. MATHIEU.

Un ami de Falmouth m'écrit, que

le Tartare, ce fameux Armateur....

DORANTE.

Hé, bien ?

M. MATHIEU.

Avoit conduit dans ce même Port la Frégate Françoise, la Si....

DORANTE, *l'interrompant.*

La Sirene.

M. MATHIEU.

Non, Monsieur, non, la Cybelle de Bourdeaux, partie du Cap, avec la Sirene, Capitaine Courval. Que Courval, après les assurances les plus positives de ne point le quitter, l'avoit abandonné dans le combat: tandis que s'il eût secondé son camarade, il étoit apparent qu'ils auroient enlevé le Corsaire.

DORANTE, *à part.*

Ah, Courval, je vous croyois plus de courage! *haut*,...mon sort sera bientôt décidé.

M. MATHIEU.

Votre Navire marche bien, il peut échapper. Au reste, vos Assureurs sont solides.

DORANTE, *à part.*

Il en est peu aujourd'hui.

M. MATHIEU.

Me pardonnerez-vous, Monsieur, de vous marquer ma surprise, de vous voir absorbé dans une triste rêverie qui ne vous est point ordinaire. Si le terme de vos Billets en étoit la cause, ... Ils ne sont point sortis de mon porte-feuille; j'ai mieux aimé manquer une très-bonne affaire, que de les faire passer en d'autres mains, il dépend de vous de les renouveller.

DORANTE.

J'accepte votre offre, Monsieur, & connois tout le prix d'un procédé aussi généreux; je vous avouerai que, sans le retour de mon Navire, ou de la Frégate du Roi, *la Sauvage*, il m'est assez difficile, quant à présent, de vous trouver cent mille livres.

M. MATHIEU.

Je l'ai pensé. Permettez-moi de saisir cette

cette occasion, de vous supplier de m'accorder une petite grace.

DORANTE.

Parlez.

M. MATHIEU.

Le commerce que je fais depuis trente-deux ans, sans avoir l'éclat & l'étendue de celui des Colonies, n'en est pas moins susceptible d'un bénéfice honnête, & l'on y court moins d'événemens. Par mon économie, & plus encore par mon activité à faire circuler mon argent; j'ai si bien fait, que je me trouve aujourd'hui possesseur de six cent mille livres; cent mille écus en bons Billets, & pareille somme sur des Banques solides. Après beaucoup de réflexions, j'ai pensé que je ferois bien de me marier. Depuis cette résolution, le croiriez-vous, Monsieur? je suis amoureux.... oui, j'aime une jeune personne, toute charmante, sans oser lui déclarer mes sentimens.

DORANTE.

Pourquoi cette timidité? Avec une fortune aussi considérable qu'est la vôtre, je ne vois ici que très-peu de partis auxquels vous ne puissiez raisonnablement prétendre, en faisant à la future certains avantages. A notre âge, Monsieur Mathieu, on ne doit pas discuter sur les articles d'un Contrat.

M. MATHIEU.

Je lui donnerai .... ma foi, je lui donnerai tout mon bien. Trop heureux si par-là, j'obtiens ce que j'aime.

DORANTE.

C'est trancher net sur les difficultés.

M. MATHIEU.

Que vous me rassurez!

DORANTE.

Connoîtrois-je la personne avec qui vous desirez vous unir? Suis-je des amis de sa famille?

M. MATHIEU.

Certainement, Monsieur.

DORANTE.

Je m'en réjouis, nommez-moi votre Maîtresse, je me charge de lui parler, ou à ceux de qui elle dépend. Vos propositions sont assez avantageuses pour me flatter de réussir dans cette affaire : croyez que j'y donnerai tous mes soins, & je compte vous porter une réponse favorable.

M. MATHIEU.

Je vous devrai le bonheur de ma vie. Daignez donc m'accorder Rosalie.

DORANTE.

Ma fille ?

M. MATHIEU.

C'est elle que j'aime.

DORANTE.

Vous m'étonnez. Ma fille est bien jeune ; il conviendroit d'attendre.

M. MATHIEU.

Il est vrai, Rosalie est jeune, & je ne le suis pas... Mais, les beaux jours qui me restent, sont trop précieux pour m'exposer à les perdre, dans l'attente d'un bonheur qui pourroit m'échapper. Je ne vous le cèle pas, si je n'obtiens Rosalie, il faudra..... que je meure. Porté-je mes vœux trop haut ?

DORANTE.

Vous nous faites honneur ; mais je crains que ma femme ne s'y oppose : elle pense quelquefois si singuliérement....

M. MATHIEU.

Le don de tous mes biens me la rendra favorable.

DORANTE.

Il est vrai. S'il le faut, j'userai de mes droits : vous serez mon gendre, recevez-en ma parole.

M. MATHIEU.

Quelle félicité !

DORANTE.

Je vais en prévenir ma femme & ma fille.

M. MATHIEU.

Moi, je cours chez mon Notaire, lui faire dresser la minute du Contrat.

SCENE VI.

GERONTE, M. MATHIEU.

GERONTE.

VOUS êtes ici ? tant mieux, corvée épargnée. Voilà trente louis pour faire tenir à Darviane, il me faut la Lettre ce soir.

M. MATHIEU.

Parlez plus bas, on pourroit vous entendre.

GERONTE.

La mêche est découverte, mon très-cher Mathieu, Dorante est instruit.

M. MATHIEU.

Qui l'a fait ?

GERONTE, *en ricannant.*

Eh, Eh ! vous, peut-être.

M. MATHIEU.

Non, je tiens ce que je promets.

GERONTE.

Il eſt vrai, c'eſt votre fort que tenir.

M. MATHIEU.

L'avez-vous inſtruit de nos conventions ?

GERONTE.

J'ai ſu lui ſauver ce déſagrément.

M. MATHIEU.

Vous avez très-bien fait.

GERONTE.

Oui, mais je les ai détaillées à Roſalie, elle en eſt véritablement édifiée. C'eſt cette fille charmante, qui m'a remis les trente louis que je viens de vous donner.

M. MATHIEU.

Reportez-lui ſa bourſe; je me fais une délicateſſe de contribuer au dérangement d'un jeune homme.

GERONTE.

Eh! faites votre métier, Monſieur Mathieu, c'eſt vous aviſer trop tard d'avoir des ſcrupules.

M. MATHIEU.

Si j'avois prévû ce qui m'arrive, je me serois bien gardé de m'exposer aux reproches de sa famille. Au revoir, Monsieur Geronte. (*à part.*) Je vais faire porter les effets chez son pere.

SCENE VII.

GERONTE, *seul.*

QUEL bruit feroit Cydalise, si elle apprenoit que j'ai eu recours à cet homme. Me trompé-je, il me semble que je l'entends quereller son mari..... Non, parbleu, je ne me trompe pas, l'altercation est même vive.

SCENE VIII.

DORANTE, CYDALISE, GERONTE.

DORANTE.

ECOUTEZ-moi, ...

CYDALISE.

Je ne veux point entendre. (*Dorante fait*

signe à Geronte de s'éloigner.) Pourquoi éloigner Geronte, il est mon parent ? je vais lui faire part du sujet de notre différent : vous verrez, vous verrez si j'ai tort.

GERONTE.

On ne dispute souvent, que manque de s'entendre : sans me vanter, je réussis assez bien à concilier les sentimens qui paroissent les plus opposés. Hier encore.....

CYDALISE, *l'interrompant.*

Hier....vous fîtes un miracle...Mais il n'est point question de votre éloge. Vous connoissez Monsieur Mathieu ; vous savez......

GERONTE, *l'interrompant.*

Je ne sais rien, trouvez bon que je n'entre point dans vos démêlés ; vous êtes raisonnables l'un & l'autre, vous vous accorderez bien sans moi.

SCENE IX.

DORANTE, CYDALISE.

CYDALISE.

LE nom de Monsieur Mathieu le fait fuir. Seroit-il votre confident ? Approuveroit-il ce beau mariage ? N'importe, si vous perdez la tête, la mienne est assez bonne pour m'opposer à une alliance dont nous aurions à rougir.

DORANTE.

Mais, considérez .... Ma femme .....

CYDALISE.

Tout est considéré, je ne veux pas de Monsieur Mathieu pour mon gendre. Je veux croire que ses biens sont considérables ; que les avantages qu'il fait à Rosalie, peuvent faire illusion sur son âge, son extérieur. Mais connoissez-vous ses mœurs, sa probité ? Il est étonnant que vous refusiez votre attention à des objets aussi importans. Ignorez-vous les mauvais propos qu'on tient ſur ſon compte ? Non - ſeulement on l'accuſe d'uſure, de mauvaiſe foi, on le ſoupçonne encore d'entretenir des correſpondances qui pourroient être criminelles. Et vous expoſeriez votre fille, & vous-même, à partager la honte d'un homme de cette eſpèce ? Il n'en ſera rien, je vous aſſure.

DORANTE.

La plûpart de ceux qui ſe déchaînent contre M. Mathieu, en ont reçu des ſervices eſſentiels, ils ſeroient ſes admirateurs, s'il avoit voulu être leur dupe. A l'égard de ſes correſpondances, je ſuis perſuadé qu'elles tiennent à ſon commerce. Il eſt vrai qu'il devroit être plus réſervé, plus circonſpect, en nous annonçant des nouvelles ſouvent déſagréables ; que ſa partialité eſt trop marquée ; qu'elle indiſpoſe. Que voulez-vous ? C'eſt le ton d'aujourd'hui, il ſemble que nous prenions à tâche de n'accorder notre admiration qu'à nos ennemis. En un mot, j'ai donné ma parole, & j'ai de très-fortes raiſons pour la tenir.

CYDALISE.

Elle n'eſt plus à vous, cette parole, ſeroit-ce à moi à vous en faire souvenir. Quel intérêt a porté Courval à affronter les dangers de la Mer, ceux de la Guerre ? Si ce n'est votre promesse d'obtenir Rosalie à son retour.

DORANTE.

Courval peut être pris.

CYDALISE.

Ce seroit un motif de plus de lui tenir votre parole.

DORANTE.

Je pourrai m'acquitter envers lui, en lui donnant ma cadette.

CYDALISE.

Mais vous savez qu'il adore Rosalie, & qu'il en est aimé : & vous seriez assez cruel pour rompre des nœuds que vous avez approuvés, & donner votre fille à un Etranger, à un homme d'une réputation équivoque. Je l'amene à la campagne : que M. Mathieu vienne l'y chercher, il y sera bien reçu.

SCENE X.

DORANTE, *seul.*

LA paſſion de M. Mathieu pour Roſalie, lui fera refuſer les autres arrangemens que je pourrois lui propoſer : il ſera inflexible. Le parti qui me reſte, ſi je veux éviter la honte de manquer à mes Billets, eſt de lui donner ma fille. (*Il ſonne, un Domeſtique paroît.*) Dites à Roſalie de venir me parler. Cruelle alternative ! . . . expoſer le bonheur d'un enfant, ou vivre ſans réputation.

SCENE XI.

DORANTE, ROSALIE.

DORANTE.

DEs raiſons que je dois vous taire, m'obligent, ma fille, à vous ordonner de ne plus penſer à Courval, & même d'en épouſer un autre. Je ſais que je vous ai préſenté Courval, comme celui qui devoit être votre époux; je ſais qu'il a obtenu votre eſtime : n'importe, il le faut oublier, il faut épouſer M. Mathieu.

ROSALIE, *d'une voix étouffée.*

La mort me ſeroit moins affreuſe.

DORANTE.

J'ai compté ſur votre obéiſſance, Roſalie; aurois-je la douleur de m'être trompé?

ROSALIE.

Je dois faire en tout votre volonté; je ferai mes efforts pour oublier Courval, je vous le promets. Mais, mon pere, j'oſe eſpérer que vous ne contraindrez pas votre fille à changer d'état.

DORANTE.

Le choix de votre état n'eſt plus à mon pouvoir.

ROSALIE.

Je ſerai donc malheureuſe.

DORANTE.

Ma confiance vous eſt dûe; connoiſſez

toute l'horreur de ma ſituation que je dois à la négligence de Courval, & peut-être à ſon manque de valeur. Je touche au moment d'abandonner mes biens, de traîner des jours déplorables, en butte aux reproches, aux pourſuites de ces hommes durs, qui blâment, qui accablent les infortunés, ſans examen, ſans les entendre; &, pour comble d'humiliation, j'entraîne dans ma chûte pluſieurs honnêtes-gens que mon crédit ſoutient.

ROSALIE.

Que Courval eſt coupable, ſi vos plaintes ſont fondées!

DORANTE.

Que trop, pour mon malheur. Pourquoi, après ſon arrivée au Cap, laiſſer partir des Vaiſſeaux ſans me remettre des effets, comme le portoient mes ordres & comme il me l'avoit promis? Ne croyez pas que j'aye eu l'imprudence de m'engager au delà de mon capital. Je peux tout payer; je ne ſuis gêné que par l'échéance prochaine d'une ſomme conſidérable que je dois à M. Mathieu, qui ne veut prolonger mes billets qu'en recevant votre main. Quoi qu'il m'arrive, je ne vous contraindrai pas de l'épouser ; j'ai assez de fermeté pour me soumettre à mon sort. Je ne gémis que sur celui de votre mere, dont la mort suivra nos désastres. Que deviendrez-vous, enfans infortunés ? vos beaux jours vont se perdre dans les larmes ; peut-être, hélas, dans la misere !

ROSALIE.

Mon pere, n'attribuez mon silence qu'à mon saisissement. Vous n'éprouverez point l'état horrible dont vous êtes menacé ; votre fille ne trahira point ses devoirs. J'épouserai Monsieur Mathieu. Heureuse de vous marquer, par ma soumission, combien je vous révère.

DORANTE.

O Rosalie ! Tu remplis l'espoir de ton pere ! Par toi je conserverai mon honneur, ma fortune. Je te devrai beaucoup plus que tu ne me dois ; tâche que je te sois encore redevable de ma tranquillité.

ROSALIE.

Ordonnez, que faut-il que je fasse ?

DORANTE.

Cacher à ta mere ma position avec M. Mathieu, & l'engager à consentir à ton mariage.

ROSALIE.

Mon pere, vous serez obéi.

SCENE XII.

CYDALISE, DORANTE, ROSALIE.

CYDALISE, *éplorée.*

VOUS n'avez plus de frere, Rosalie, il est mort, ses équipages sont ici.

DORANTE, *à part.*

Darviane auroit quitté le Régiment! Ah, malheureux!

ROSALIE.

Ma mere.....

CYDALISE, *avec véhémence.*

S'il étoit mort en vengeant la Patrie, je m'en

m'en consolerois, j'aurois eu six fils, que je les aurois encore armés. Mais sa mort ne peut être que la suite d'une querelle personnelle, qu'une légere excuse pouvoit réparer.

ROSALIE.

Ma mere, daignez m'entendre.

CYDALISE.

Que pouvez-vous me dire qui serve à ma consolation.

ROSALIE.

Mon frere n'est pas mort, soyez sûre qu'il est au Régiment.

CYDALISE.

Pourquoi ses coffres sont-ils ici ?

ROSALIE.

Darviane les a envoyés à Geronte, qui doit en savoir le sujet.

CYDALISE.

Quel étrange secret me cachez-vous ? Monsieur, vous êtes instruit ; ne pourrai-je pas l'être ?

DORANTE.

J'ignore, comme vous, le sujet de l'envoi de ces malles ; c'est un mystère que Geronte nous éclaircira. Il vient fort à propos.

SCENE XIII.

DORANTE, CYDALISE, GERONTE, ROSALIE.

DORANTE.

M'APPORTEZ-vous la Lettre de mon fils ?

GERONTE.

Elle est chez-moi, je n'y ai point passé.

DORANTE.

Qu'avez-vous fait des malles que Darviane vous a adressées ? (*Geronte paroît embarrassé.*) Point de détours, il faut parler.

GERONTE.

Hé bien, je parlerai : j'ai suivi les intentions de Darviane, qui vouloit vous cacher ſa perte, & les ai fait porter chez M. Mathieu, qui m'a donné deux mille écus ſur ces effets.

DORANTE.

Après, vos conventions ?

CYDALISE.

C'eſt-là l'objet important.

GERONTE.

Je vous préviens que M. Mathieu n'oblige point gratuitement.

CYDALISE.

Voyons vos conventions ?

GERONTE.

De lui payer, dans trois mois, ſix mille cinq cent cinquante-une livres dix ſols, ou les effets lui reſteront.

DORANTE.

Quelle indignité !

CYDALISE.

Que vous ai-je dit ?

DORANTE, *à Cydalise, à voix basse.*

Mon parti est pris, je vais retirer ma parole. (*A Rosalie.*) Allez vous préparer, vous partirez demain. (*Rosalie sort avec Geronte.*) M. Mathieu ne tardera point à suivre les malles. Un Usurier se dégarnir, le trait est rare !

CYDALISE.

C'est une inconséquence ; mais le vice le plus bas sacrifie quelquefois à la vertu.

DORANTE.

Contraignons-nous, je le vois.

SCENE XIV.

DORANTE, CYDALISE, M. MATHIEU.

DORANTE.

JE viens, Monsieur, de vous proposer à ma femme pour Rosalie : elle craint que cette union ne soit point heureuse. La différence des âges, celle qu'elle apporte chez les hommes, dans la maniere de penser, lui fait prévoir des troubles, des chagrins pour l'un & l'autre. Vous desirez une compagne ; une personne d'un âge mûr, seroit mieux votre fait que ma fille, à peine sortie de l'enfance.

M. MATHIEU.

Je vous l'ai dit, Monsieur, j'aime Rosalie; & depuis l'espoir que vous m'avez donné, je l'adore. La différence des âges se rencontre entre beaucoup d'époux, sans troubler la douceur du nœud qui les unit. Leurs devoirs leur imposent la nécessité de se supporter mutuellement. Ma tendresse pour Rosalie l'assure de mon empressement à lui plaire. En lui donnant mes biens, je lui laisserai la liberté d'en user, elle réglera ma dépense. Ecoutez, je vous prie, Madame, la minute du Contrat. (*Il met des lunettes.*)

CYDALISE.

Laissez vos besicles, M. Mathieu : les avantages que vous faites à ma fille ne m'engageront point à vous la donner ; vous ne me convenez pas.

M. MATHIEU.

Permettez-moi de vous repréſenter que Monſieur eſt le maître, qu'il ſaura ſe ſervir de ſon autorité. Je le crois trop jaloux de ſa réputation pour l'expoſer par un refus.

DORANTE, *fiérement.*

Je vous entends : ce mot ſeul dégageroit ma parole, ſi des conſidérations beaucoup plus fortes ne m'avoient décidé.

CYDALISE.

Que veut-il dire ?

DORANTE.

C'eſt cent mille livres qu'il faudra trouver ſous peu de jours ; je les dois à M. Mathieu.

M. MATHIEU.

En effet, ſous peu de jours. Vos billets tombent après-demain.

CYDALISE.

La voilà donc connue la cauſe de vos chagrins. Ah Dorante, pourquoi ai-je perdu votre confiance ?

SCENE XV.

DORANTE, CYDALISE, M. MATHIEU, LA FLEUR, BERNARD.

LA FLEUR.

BERNARD, votre Fermier, vient d'arriver, Madame; il demande avec instance à vous parler: le trouble & l'effroi sont dans ses yeux; je crains qu'il ne vous apporte des sujets de douleur. (*Il sort, Bernard paroît.*)

CYDALISE.

Que m'annonce ce maintien consterné?

BERNARD.

Je suis ruiné à n'en relever jamais, si Monsieur n'a pitié de moi.

CYDALISE.

Quel malheur vous est donc arrivé?

BERNARD.

Hier, à quatre heures du matin, le tonnerre est tombé chez nous, a mis le feu à la grange, qui étoit presque pleine. Les flammes portées par le vent, ont été poussées avec tant de violence, qu'elles ont communiquées aux autres bâtimens. Et nous ne sommes parvenus à conserver le corps-de-logis, que par le secours de tout le Village.

DORANTE.

Personne n'a-t-il été blessé ?

BERNARD.

Non, Monsieur, quoique plusieurs Journaliers travailloient dans la grange, lorsque le feu du Ciel est tombé dessus.

CYDALISE.

C'est un grand bonheur.

DORANTE.

Je parlerai aux Ouvriers, & leur ferai promptement rétablir votre grange.

BERNARD.

Elle m'est inutile cette année.

CYDALISE.

Comment ?

BERNARD.

Durant l'orage, une grêle furieuse a détruit les apparences d'une moisson abondante qui m'auroit liberé : vain espoir, tous mes grains sont perdus.

CYDALISE.

Nous partirons demain avec le jour ; je veux voir par moi-même la modération qu'il est juste de vous accorder avant que vous changiez de Maître.

BERNARD.

Ah Madame, ce seroit le plus grand de mes malheurs. Si je vous perds, que deviendra ma triste famille ?

CYDALISE.

Mon cher Bernard, vous n'êtes point ici le seul qui éprouvez les revèrs de la fortune : allez vous reposer, nous aurons soin de vous.

SCENE XVI.

DORANTE, CYDALISE, M. MATHIEU.

M. MATHIEU.

La perte que vous venez de faire, Madame, ne m'a point fait changer de sentiment. J'insiste à vous prier de m'accorder Rosalie, & m'offre à consentir que la dot qui lui est destinée, serve à reparer le dommage que vous a causé l'incendie.

CYDALISE.

Vous êtes bien honnête, mais apprenez, Monsieur Mathieu, que je crains moins l'indigence, que la honte de m'allier à un homme tel que vous.

M. MATHIEU.

Après un refus aussi dur, ne comptez pas sur mon indulgence; songez à tenir prêt mon argent, ou je saurai me prévaloir de mes avantages.

CYDALISE.

Vos menaces n'auront pas plus de succès, que l'offre méprisable du produit de vos usures.

DORANTE.

A quoi sert cet emportement ?

M. MATHIEU.

Votre ton pourra baisser, Madame, toutes vos pertes ne vous sont pas connues : votre seule ressource vous échappe, un Corsaire Anglois s'est emparé de votre Navire, la Sirene, l'a conduit en Irlande ; c'est un fait. Et l'on m'écrit, de bonne main, que vos principaux Assureurs chancelent. (*Il se retire dans le fond du Théâtre.*)

DORANTE.

O Ciel ! est-ce assez de disgraces ?

CYDALISE.

Avec quelle rapidité les revèrs se succédent.

SCENE XVII.

GERONTE, CYDALISE, DORANTE, ROSALIE, M. MATHIEU, *ignoré des Acteurs.*

GERONTE, *avec empressement.*

JE viens de rencontrer un Courier que l'on conduisoit au Gouvernement; on dit qu'il vient de Brest, qu'il avoit demandé votre demeure. Courval peut l'avoir dépêché.

DORANTE.

Mon malheur est au comble. Courval est pris, & l'on écrit de divers endroits que j'ai beaucoup à craindre de mes Assureurs.

CYDALISE.

Nous avons tout perdu, Rosalie; il ne nous reste que le travail. Quel sort nous étoit réservé!

ROSALIE.

Il ne faut perdre ni le courage, ni l'espérance, le Ciel ne nous abandonnera pas : méritons son appui par notre soumission.

GERONTE.

Sur quel rapport, sur quelles preuves fondez-vous la vérité de ces tristes nouvelles ?

DORANTE.

Je tiens l'un & l'autre de M. Mathieu.

GERONTE.

Cet homme m'est suspect. Ces Agioteurs nouvellistes ont leurs intérêts pour prématurer, & souvent exagérer nos pertes : plus le crédit baisse, mieux cette vermine fait ses affaires.

M. MATHIEU, *approchant de la Scène.*

Rien n'est exagéré, tout est vrai dans le rapport que j'ai fait à Monsieur, j'ai pour garant la Gazette d'Irlande, article de Kingsaille, & plusieurs Lettres de mes amis.

GERONTE.

Plaisante autorité qu'un chiffon de Gazette, & plusieurs Lettres de la Judée. Vous m'avez donc entendu, Monſieur Mathieu? Parbleu j'en ſuis bien-aiſe, faites-en votre profit, cela vous vaudra un Sermon. (*Criſpin paroît.*) Mais, voici le Courier, malgré Mathieu & ſes Conſors; je parie vingt piſtoles, que ce n'eſt point un Meſſager de malheur.

SCENE XVIII.

DORANTE, CYDALISE, GERONTE, ROSALIE, M. MATHIEU, CRISPIN.

CRISPIN, *en bottes fortes.*

VOUS gagnerez à coup sûr: malgré mon lugubre accoûtrement, un perſonnage de ma façon ne ſe charge point de mauvaiſes nouvelles. (*Il approche de Dorante.*) Certes, le Patron eſt bon Peintre, on ne peut ſe méprendre à ſes portraits. Vous êtes Monſieur Dorante. Vous, Madame, & ce bel Ange Roſalie. (*A part, regardant Monſieur Mathieu.*) Pour cette figure mulâtre, je ne la devine pas, elle ſert d'ombre au tableau.

DORANTE.

Vous ne vous trompez pas, je ſuis Dorante. De quelle part avez-vous à me parler? Faites vous connoître, & que ce ſoit promptement, s'il vous plaît ; j'ai d'autres affaires.

CRISPIN, *fort vîte.*

J'ai nom Criſpin, j'appartiens à Monſieur Courval, & j'ai couru jour & nuit pour vous annoncer ſon arrivée dans le Port de Breſt avec ſon Vaiſſeau, la Sirene, & la Frégate du Roi, la Sauvage. Sont-ce là de mauvaiſes nouvelles ?

CYDALISE.

Vous ne pouviez nous en apprendre de plus favorables. Pour vous témoigner le plaiſir que vous nous faites, & reconnoître votre diligence, je vous prie d'accepter ma bourſe.

CRISPIN.

Si j'ai couru en Courier du Cabinet, votre généroſité, Madame, me récompenſe en Reine.

GERONTE.

Criſpin ſait tourner un compliment. Depuis quand êtes-vous à Courval ?

CRISPIN.

Peu de jours après ſon arrivée à Saint-Domingue.

DORANTE.

N'avez-vous rien à me remettre de la part de votre Maître ?

CRISPIN.

Non, Monſieur.

DORANTE.

Comment, non. Point de Lettres ?

CRISPIN.

Rien exactement, rien, pas plus que vous ne m'avez donné.

ROSALIE.

Votre Maître vous ſuit donc ?

CRISPIN.

Vraiment oui, Mademoiſelle, je ne l'ai dévancé

dévancé qu'à la derniere Poste ; vous l'allez voir dans un moment.

DORANTE.

Pourquoi tant attendre à nous le dire ? Allez vous repoſer, mon enfant.

CRISPIN.

Ce ſera, s'il vous plaît, à la cuiſine : quoique je ſois très-fatigué, je ne ſaurois dormir à jeun.

GERONTE.

La maiſon eſt bonne, mon garçon, & Madame vous ordonne de boire à nos ſantés.

CRISPIN.

On peut compter ſur mon obéiſſance. (*En s'en allant.*) Que mon Maître a bien rencontré : les honnêtes gens, la belle famille !

SCENE XIX.

DORANTE, CYDALISE, GERONTE, ROSALIE, M. MATHIEU.

GERONTE.

EH bien, Monsieur Mathieu, la Gazette d'Irlande, article de Kingsaille, article du Diable, que l'envie de nuire vous a suggéré. Si.....

CYDALISE.

Laissez-le, l'arrivée de Courval le punit assez.

DORANTE.

J'entends une chaise, Geronte, elle arrête.

ROSALIE.

C'est Courval, la joie des domestiques l'annonce.

CYDALISE.

Jour fortuné. O retour favorable!

SCENE XX.

COURVAL, DORANTE, CYDALISE, GERONTE, ROSALIE, M. MATHIEU.

COURVAL, *entouré des Domestiques de la maison.*

OUI, mes Amis, c'est Courval que vous voyez, pénétré de l'accueil que vous lui faites, dont le souvenir lui sera toujours cher.

DORANTE, *tendant les bras à Courval.*

C'est donc vous que j'embrasse, j'oublie, dans un moment si doux, le tourment que m'a donné votre silence.

COURVAL.

Croyez, Monsieur, que je l'ai partagé sans pouvoir vous l'épargner. Après le départ de mes premières Lettres, des ordres nécessaires ont fermé nos Ports de Saint-Domingue : je ne suis sorti du Cap que par les qualités de mon Vaiſſeau, qui m'ont fait obtenir les paquets pour la Cour. Ouvrez celui que j'ai l'honneur de vous préſenter, vous verrez que j'ai ſuivi mes inſtructions, & que j'ai fait un très-bon voyage.

CYDALISE.

Le Ciel vous rend donc à nos vœux; que votre ſort nous a cauſé d'alarmes! La malignité, pour les accroître, employoit juſqu'au menſonge.

GERONTE.

Monſieur Mathieu en ſait quelque choſe.

CYDALISE.

Approchez, Roſalie; témoignez à Courval que l'abſence n'a point changé votre cœur.

COURVAL.

Roſalie . . . . .

ROSALIE, *en même tems.*

Courval, je vous revois.

DORANTE.

Ciel, que de graces à vous rendre ! Votre argent sera prêt, Monsieur Mathieu, ainsi que les deux mille écus que vous avez donnés à Geronte pour mon fils.

M. MATHIEU, *en s'en allant.*

En perdant Rosalie, que m'importe les biens ?

SCENE XXI.

DORANTE, CYDALISE, COURVAL, ROSALIE, GERONTE.

DORANTE.

J'AI des torts envers vous, Courval, je dois vous l'avouer, non-seulement je me suis plaint de votre silence, j'ai encore eu la foiblesse de donner croyance à la calomnie, me le pardonnez-vous ?

COURVAL.

Les apparences étoient contre-moi, vous

ne pouviez me juger que par elles. Je vous prie de ne point rappeller nos peines passées, jouissons sans amertume de l'instant qui nous rassemble.

GERONTE.

En effet, pourquoi se souvenir des chagrins qui ne subsistent plus ? Il n'en reste que trop à survenir.

DORANTE.

Recevez donc la main de Rosalie, je ne puis mieux m'acquitter de ce que je vous dois.

COURVAL.

En m'accordant Rosalie, vous comblez tous mes vœux.

DORANTE.

Je vais être votre pere, mon cher Courval ; mais que je sois toujours votre ami. Entrons, j'ai besoin de repos, j'ai trop éprouvé d'émotion aujourd'hui. Puisse votre félicité, ma fille, égaler vos vertus.

ROSALIE.

Mon bonheur est certain, si vos jours sont heureux.

FIN.

APPROBATION.

J'AI lû par ordre de Monseigneur le Vice-Chancelier, LE *RETOUR FAVORABLE*, *Comédie en un Acte & en Prose*; je n'y ai rien trouvé qui puisse en empêcher l'impression. A Paris, ce 8 Février 1765,

ALBARET.

www.ingramcontent.com/pod-product-compliance
Ingram Content Group UK Ltd.
Pitfield, Milton Keynes, MK11 3LW, UK
UKHW020432230726
13925UKWH00004B/1704